Début d'une série de documents
en couleur

COUVERTURES SUPERIEURE ET INFERIEURE D'IMPRIMEUR

196

LIMOGES

EUGÈNE ARDANT ET Cⁱᵉ,

ÉDITEURS.

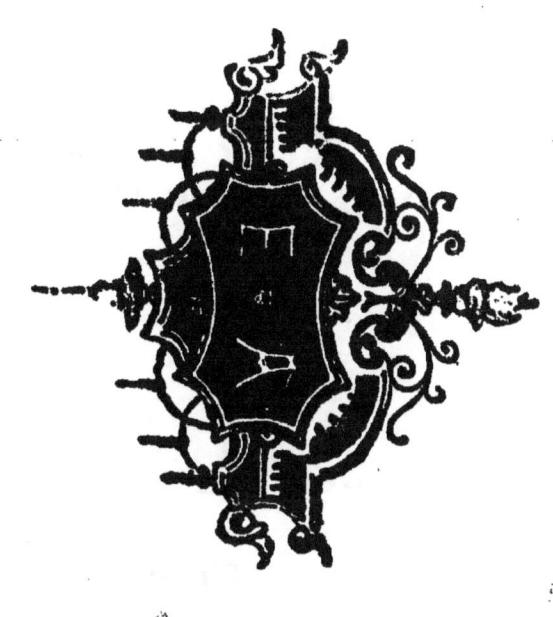

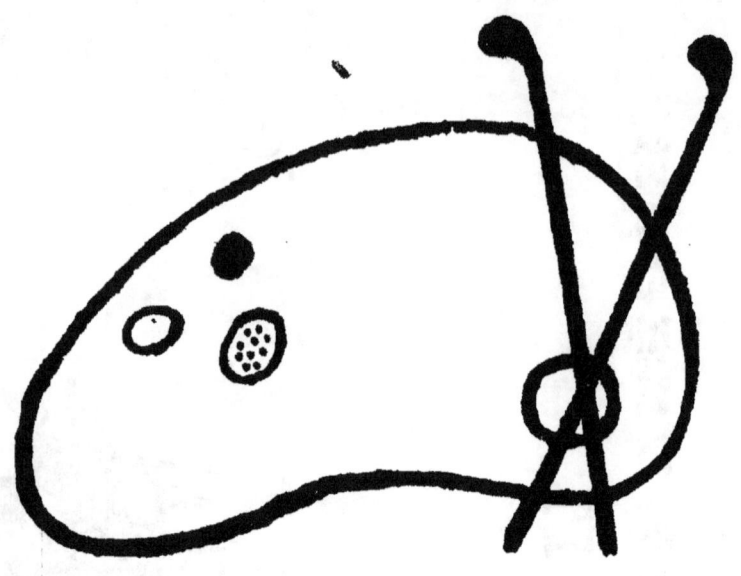

Fin d'une série de documents
en couleur

HISTOIRE
DU PAUVRE DICK

—

5e SÉRIE IN-18.

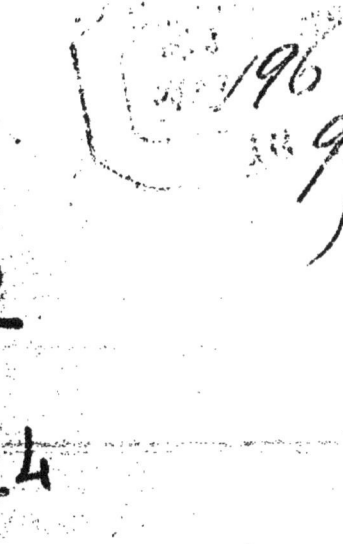

JANE, SAIS-TU OU EST TON FRÈRE?
(P. 7.)

HISTOIRE

DU

PAUVRE DICK

PAR

MARIE GUERRIER DE HAUPT

—

TROIS GRAVURES

—

LIMOGES

EUGÈNE ARDANT ET Cᵗᵉ

ÉDITEURS

PAUVRE DICK

I

— Jane, sais-tu où est ton frère? Je ne le vois plus.

— Bonne maman, répondit Jane Bolton, jolie petite fille de six ans, il était là tout à l'heure, il va sans doute revenir.

Ceci se passait à Londres, dans un jardin public. Mistress Bolton, à soixante ans, était la seule protectrice des trois enfants de son fils, Dick, Jane et Mary, restés orphelins. Jane et sa petite sœur Mary, âgée de quatre ans, faisaient le bonheur de la vieille dame par leur douceur et leur soumission; mais Dick, l'aîné des trois enfant (il venait d'entrer dans sa neuvième année), lui causait de cruelles inquiétudes par sa turbulence et son caractère indépendant.

A chaque instant il échappait à la surveillance de sa grand'mère. Sans songer aux transes mortelles dans lesquelles la mettaient ses incartades, il allait se promener tout seul, pendant des heures entières, dans les rues de Londres, au risque d'ê-

tre écrasé par les voitures, dé-
valisé par les voleurs, ou tout
au moins arrêté comme vaga-
bond par les policemen.

Une fois même il lui avait
pris fantaisie d'entreprendre un
véritable voyage. Au bout de
deux jours seulement, on l'avait
retrouvé, mourant de faim et de
fatigue, sur la grande route.

Mistress Bolton, après cette
escapade de son petit-fils, avait
dû garder le lit pendant plusieurs semaines, car l'horrible
anxiété qu'elle avait éprouvé
avait occasionné une grosse
fièvre.

Aussi l'on comprendra sans peine pourquoi sa voix tremblait déjà en demandant aux deux petites filles : — Mais où donc votre frère s'est-il encore caché?

— Ah! le voilà, le voilà là-bas! s'écria soudain la petite Mary.

— Je le vois près de la porte du jardin, en face du théâtre de marionnettes, ajouta Jane.

— En face du théâtre? reprit vivement la grand'-mère. Ah! le malheureux enfant! s'il a dans sa poche assez d'argent pour payer sa place, il est capable d'y entrer tout seul, et comment le retrouverons-nous dans la foule?

En disant ces mots, la bonne dame se levait en toute hâte, et, prenant les deux petites filles par la main, se dirigeait du côté où l'on avait aperçu Dick.

— Appelez-le, mes enfants, répétait-elle aux petites filles, tâchons de l'empêcher d'entrer au théâtre.

Et Jane et Mary, de leurs petites voix claires, répétaient à qui mieux mieux :

—Dick! où vas-tu donc? Dick! nous voici, viens avec nous!

Si bien que tout le monde se

retournait et que l'indiscipliné
petit garçon finit par les entendre.

Après s'être d'abord assuré
qu'il n'était pas assez riche pour
se régaler du spectacle qui lui
faisait envie, Dick accourut vers
ses sœurs, et sans même écou-
ter les tendres remontrances
que lui adressait sa grand'mère,
il se mit à leur faire un tableau
si magnifique des merveilles
que le maître du théâtre de marionnettes promettait d'offrir
aux regards des jeunes spectateurs qui voudraient bien l'ho-
norer de leur visite, que Jane et

Mary commencèrent à supplier leur aïeule de les mener au spectacle.

Mary la tenait par sa robe, Jane lui disait de douces paroles et l'entraînait vers la porte du théâtre, tandis que Dick tirait Jane de toutes ses forces, et, les cheveux au vent, le bras étendu, faisait signe au montreur de marionnettes de ne pas commencer sans lui.

Vaincue par tant d'instances, la bonne grand'maman céda au désir de ses petits-enfants, qui, au comble de la joie, prirent place parmi les heureux specta-

teurs avides de jouir de la représ-
sentation qui allait avoir lieu.

Tout se passa le mieux du
monde; on fit assister le public
enfantin à toutes les aventures
d'un prince qu'une méchante
fée avait rendu bossu, et qui
courait le monde à la recherche
d'une autre fée capable de lui
rendre la taille aussi droite qu'il
l'avait jadis.

Enfin, la représentation s'a-
cheva au milieu des applaudis-
sements et des cris de joie de
toute l'assemblée; puis chacun
se mit en devoir de quitter la
salle pour laisser la place à

d'autres spectateurs qui déjà se pressaient en foule à la porte.

Un si grand nombre de personnes, les unes entrant, les autres sortant au même moment, occasionnait, on le comprendra, un tumulte et une confusion indescriptibles. On se poussait, on se bousculait, on marchait sans le vouloir sur les pieds les uns des autres. A chaque instant, c'étaient de nouveaux cris d'appel : Maman, où es tu? — J'ai perdu papa! — N'aie pas peur, mon petit William, me voici! — Je suis là, Jenny, viens par ici! et mille autres exclamations analogues.

Dick et Mary, qui marchaient devant leur grand'mère en se donnant la main, s'étaient trouvés brusquement séparés d'elle, et mistress Bolton, inquiète d'abord, poussa un soupir de soulagement lorsque, en arrivant à la porte extérieure du théâtre, elle aperçut la petite Mary qui l'y avait précédée.

— Ton frère est avec toi, n'est ce pas? demanda-t-elle.

— Non, bonne maman, répondit l'enfant; je ne sais pas où il est.

— Comment! s'écria mistress Bolton en pâlissant; mais vous étiez ensemble! Pourquoi l'as-tu quitté?

—Je ne l'ai pas quitté, bonne-maman! Beaucoup de messieurs et de dames ont passé entre nous deux, alors Dick m'a lâché la main, et puis je me suis trouvée ici, je ne sais comment, et je vous ai attendue.

— Peut-être va-t-il arriver aussi, hasarda Jane.

La pauvre aïeule, saisissant avec joie cette lueur d'espoir, attendit jusqu'à ce que tous les spectateurs fussent sortis, re-gardant tous les petits garçons

2

qui passaient, interrogeant quelques personnes pour savoir si elles n'avaient pas aperçu son petit-fils. Mais elle ne put obtenir aucune nouvelle. La seconde représentation s'acheva et le jardin devint peu à peu désert sans que l'enfant eût paru.

— Il ne s'est pas égaré! répétait la vieille dame en se tordant les mains avec désespoir. A l'endroit où nous l'avons attendu, il devait nécessairement nous voir; s'il est parti, c'est volontairement, il aura encore voulu entreprendre quelque

voyage et peut-être ne le rever-
rons-nous jamais.

Les deux petites filles joi-
gnaient leurs pleurs et leurs
gémissements à ceux de leur
aïeule. Les gardiens du jardin,
touchés de la douleur de la pauvre dame, s'efforcèrent de la
consoler, de la rassurer de leur
mieux. Ils l'engagèrent à s'a-
dresser à la police, qui certaine-
ment, le lendemain au plus
tard, saurait bien lui rendre son
petit-fils.

Mistress Bolton suivit ce con-
seil et rentra chez elle, espérant
presque y retrouver Dick, mais

nul n'avait vu l'ingrat enfant, et la pauvre grand'mère ne put fermer l'œil de toute la nuit, en songeant aux dangers auxquels il s'était exposé par sa propre faute.

Le lendemain, à chaque coup de sonnette, la grand'mère et les deux petites filles s'écriaient en même temps : — C'est lui!

Mais ce n'était pas Dick; c'étaient les hommes de la police, chargés de faire des démarches pour le retrouver, et qui venaient annoncer que leurs recherches avaient été vaines.

Plusieurs jours s'écoulèrent

ainsi sans qu'aucune lueur d'espoir vînt rendre un peu de calme
à la pauvre mère, qui s'accusait
elle-même du malheur qui était
arrivé, et qui répétait sans cesse
qu'elle aurait dû ne pas quitter
la main du petit garçon. Dans
sa touchante bonté, elle ne trouvait pas un mot de blâme pour
l'enfant qui n'avait pas craint de
lui faire tant de mal.

Mistress Bolton fit publier
dans tous les journaux le signa-
lement de son petit-fils, promet-
tant une récompense impor-
tante à la personne qui lui en
donnerait quelque nouvelle.

Mais toutes ces tentatives demeurèrent sans résultat, et les amis de mistress Bolton, persuadés que le malheureux enfant n'était plus de ce monde, s'efforcèrent d'habituer l'esprit de la grand'mère à cette pénible idée.

C'est ainsi que les mois, puis les années s'écoulèrent sans que Dick reparût.

Jane et Mary, avec l'insouciance des enfants très jeunes, commencèrent à perdre un peu le souvenir de leur frère.

Mais sa grand'mère ne l'oubliait pas! Elle l'attendait toujours, et le temps ne pouvait

affaiblir l'espoir qu'elle conser-
vait au fond du cœur de revoir
encore son petit-fils.

II

Mistress Bolton ne se trom-
pait pas en disant que c'était
volontairement que Dick l'avait
quittée. Le petit garçon, en-
thousiasmé par la représentation à laquelle il venait d'assister, avait senti se réveiller en
lui la soif d'aventures, qui, une
fois déjà, l'avait poussé à quitter ses petites sœurs mignonnes
et sa bonne grand'mère.

Un malheureux hasard l'avait

séparé de Mary. En jetant les
yeux autour de lui il n'avait
aperçu aucun visage connu; et,
se sentant libre de toute surveillance, encore ébloui par les
aventures merveilleuses, repré-
sentées dans la féerie qu'il venait
de voir, il s'était hâté de sortir
du théâtre, se faufilant entre les
grandes personnes; puis une
fois dehors il s'était mis à courir de toutes ses forces, sans
que les passants, pressés de ter-
miner leurs affaires avant la
nuit qui commençait à tomber,
l'eussent remarqué.

Soudain, au milieu de sa

course, un gros chien se mit à le poursuivre en aboyant.

Effrayé, l'enfant voulut redoubler de vitesse, mais déjà fatigué, il avait à peine la force de lever les pieds. Il butta contre une pierre et tomba en poussant un cri.

Dans sa chute, sa tête avait porté contre une borne, et il s'était fait, près de la tempe, une blessure assez profonde, d'où le sang coulait en abondance.

— Tout beau, Black! tout beau! cria une voix d'homme au chien, qui avait déjà posé une de ses grosses pattes sur le corps de Dick.

Et le propriétaire du chien, doublant le pas, s'approcha rapidement de l'endroit où il entendait les grognements sourds de l'animal.

C'était un de ces joueurs d'orgue qui parcourent avec leur instrument les rues des grandes villes, recueillant sur leur passage assez de menue monnaie pour payer le pain de chaque jour.

Il revenait de faire sa tournée habituelle, et rentrait au logis, suivi de son chien, le fidèle Black, qui l'avait aidé consciencieusement en tenant à la gueule la petite sébile, dans laquelle les passants déposaient leurs offrandes, lorsque les aboiements du chien attirèrent son attention.

— Qu'est ceci ? fit-il avec étonnement en se baissant pour reconnaître ce qu'était la masse ainsi étendue à ses pieds.

Le chien obéissant à l'ordre de son maître, s'éloigna, mais sans cesser de suivre des yeux tous ses mouvements.

— Mais, bonté divine ! je ne me trompe pas, s'écria l'homme ; c'est le corps d'un enfant, évanoui, mort peut-être!

Et cherchant en toute hâte dans ses poches, il en tira quelques allumettes, à la lueur desquelles il put voir la blessure que Dick s'était faite en tombant.

—Oh! reprit le brave homme après un instant d'hésitation, il ne sera pas dit que William Morrisson aura laissé sans secours une créature humaine en si piteux état!

Et, quoique l'orgue attaché sur ses épaules fût déjà un fardeau pesant, William enleva l'enfant dans ses bras robustes

C'EST LE CORPS D'UN ENFANT.

(P. 28.)

et l'emporta dans son modeste logement, qui, heureusement, était à peu de distance.

Vite, Betsy! vite, prépare le lit pour ce pauvre enfant! cria-t-il à sa ménagère dès qu'il eut franchi le seuil de la porte. De la lumière, de l'eau chaude! dépêche-toi!

Betsy, qui n'était pas moins bonne femme que son mari n'était brave homme, aida celui-ci à mettre le pauvre garçon au lit; elle lava soigneusement sa blessure, enlevant avec de l'eau tiède le sang qui avait coulé sur son visage et qui avait collé ses cheveux les uns aux autres.

A l'aide des remèdes dits de bonne femme dont elle connaissait un nombre considérable, la ménagère de William eut bientôt rappelé à lui le petit garçon, qui, épuisé par la fatigue et les émotions de cette journée, presque autant que par le sang qu'il avait perdu, finit par s'endormir d'un sommeil fiévreux. Le lendemain la fièvre avait cessé, la blessure, peu grave du reste, était en voie de guérison; mais la faiblesse de l'enfant était si grande, qu'il lui était impossible de se lever et même de parler.

William, qui devait ce jour-
là partir pour faire une tournée
dans différentes villes, ainsi que
cela lui arrivait fréquemment,
était fort embarrassé. Il avait,
en amenant Dick chez lui, obéi
au premier mouvement de son
excellent cœur; mais il n'avait
pas réfléchi aux conséquences
possibles de sa bonne action; et
maintenant il ne pouvait se
résoudre à laisser de nouveau le
pauvre petit, malade et sans
secours, exposé à tous les dangers que son âge et sa faiblesse
devaient lui faire courir.

— Ecoute, dit-il à sa femme,

5

je ne puis me dispenser de partir, tu le sais, j'ai besoin de
quelques bonnes recettes pour
rétablir un peu nos affaires, qui
ont été bien mal dans ces der-
niers temps. Mais tu resteras
ici pendant deux ou trois jours
encore avec cet enfant. Puis,
quand il sera complètement
guéri, tu lui demanderas le nom
et l'adresse de ses parents; il est
assez grand pour pouvoir le dire,
et après l'avoir ramené chez lui,
tu viendras me rejoindre.

Croyant avoir ainsi tout ar-
rangé pour le mieux, le joueur
d'orgue partit plus tranquille.

Mais il arriva une chose que William n'avait pu prévoir.

Lorsque Dick fut complètement rétabli, il refusa obstinément de dire qui il était et où il demeurait.

Toutes les instances furent vaines; on eut beau insister auprès de lui, on ne put obtenir d'autre réponse que celle-ci :

— Je m'appelle Dick, mais je ne veux pas dire où je demeure, car je ne veux pas retourner à la maison. Je veux voyager, laissez-moi m'en aller, ne vous occupez pas de moi!

Betsy ne savait à quoi se

résoudre; elle craignait d'être blâmée par son mari si elle cédait au désir de l'enfant en le laissant ainsi partir à l'aventure.

Enfin, un jour, impatientée de voir que Dick répétait obstinément : Je veux voyager! Laissez-moi partir! elle lui répondit :

— Eh bien! puisque tu veux voyager, viens avec moi, tu voyageras.

Et qui fut bien étonné? Ce fut William, en voyant arriver Dick avec sa femme.

Mais, nous l'avons dit, c'était un brave homme, disposé à voir toujours les choses du bon côté;

Il eut bientôt pris son parti, et dit philosophiquement :

— Tu as bien fait de l'amener ; il était impossible d'abandonner ce pauvre petit. Puisque nous n'avons pas d'enfant, il sera le nôtre ; et, avec l'aide de Dieu, nous ferons en sorte qu'il ne meure pas de faim.

Alors, commença pour Dick une nouvelle existence, dont jusque-là il n'avait eu aucune idée. Il erra de ville en ville avec le joueur d'orgue et sa femme, couchant sur la dure, faisant des marches longues et fatigantes par les temps les plus rigou-

reux, et n'ayant pas toujours de
quoi satisfaire son appétit. Black
était devenu son ami. L'enfant
et le chien ne se quittaient guère,
et souvent il arrivait que Dick
se privait de la moitié de son
repas, quoiqu'il eût encore
grand'faim, pour le partager
avec son camarade à quatre
pattes.

William Morrisson fut plusieurs années avant de revenir à
Londres, et la présence de son
petit protégé auprès de lui ne
fut peut-être pas tout à fait étran-
gère à cette détermination. Voici
comment :

Ne croyant pas avoir à faire mystère de sa bonne action, William l'avait racontée à quelques personnes, en leur faisant part aussi de l'étrange entêtement de l'enfant, qui avait absolument refusé de dire le nom et l'adresse de ses parents. Or, à cette communication, plusieurs de ses amis avaient pris un air grave, et lui avaient déclaré, en hochant la tête, qu'il avait commis une imprudence. Si les parents de cet enfant, disaient-ils, venaient à le retrouver, ils seraient en droit de citer le joueur d'orgue devant les tribunaux comme s'il l'avait volé.

Grâce à ces réflexions peu rassurantes, William, dont le rêve avait été d'abord de rendre Dick à ses parents, en était venu à redouter que le petit garçon ne fût rencontré et reconnu par quelqu'un de sa famille, et il s'était abstenu de le ramener à Londres.

Aussi, ne doit-on pas s'étonner que Dick eût fini par oublier jusqu'au nom de la rue qu'il habitait autrefois. Il se souvenait cependant toujours de sa bonne grand'mère et de ses jolies petites sœurs, et même à

mesure que les années le rendaient plus raisonnable, il com-
prenait mieux la faute dont il
s'était rendu coupable envers ses
bonnes parentes.

Mais déjà leur souvenir même
ne se présentait plus à son esprit que comme une vision affai-
blie par le temps; il avait perdu
tout espoir de se retrouver jamais auprès d'elles; et c'était
avec une tristesse mêlée de re-
mords qu'il songeait au bonheur
qui aurait pu être son partage et
dont il était privé par sa propre
faute.

Dick avait déjà onze ans lorsque son protecteur, son père adoptif, car William et sa femme traitaient le petit-fils de mistress Bolton comme s'il eût été leur enfant, l'emmena à Boulogne, espérant gagner sa vie plus facilement en France qu'en Angleterre.

Là, ils commencèrent, suivant leur habitude, à parcourir les rues; Dick recueillant les offrandes des passants, tandis que William jouait de l'orgue. Quant à Betsy, elle trouvait de temps en temps à faire la besogne de femme de journée pour aider les domestiques, et elle

augmentait ainsi un peu les res-
sources de la famille. ·

Tout sembla donc d'abord
s'arranger assez bien; mais le
malheur · voulut que William,
ayant attrapé un refroidisse-
ment, tombât dangereusement
malade. Sa femme dut, natu-
rellement, rester auprès de lui
pour le soigner, et Dick était
encore trop jeune et trop faible
pour remplacer son père adoptif
en allant jouer de l'orgue dans
les rues.

La misère était donc bien
grande, et le pauvre enfant
passa plus d'un jour sans man-

ger jusqu'au moment où William, pâle et faible encore, à peine remis de sa maladie, sortit, accompagné de sa femme et du petit garçon, pour reprendre ses courses habituelles.

De temps en temps Betsy portait l'orgue à son tour, pour permettre à son mari de se reposer un peu.

Ils arrivèrent ainsi devant un pensionnat de demoiselles, destiné surtout aux jeunes filles qui venaient avec leurs parents passer à Boulogne la saison des bains de mer, et à qui on ne voulait pas laisser négliger complètement leurs études.

Lorsque les sons de l'orgue eurent commencé à se faire entendre, plusieurs enfants parurent sur le seuil de la porte et se mirent à danser gaiement. Dick, fatigué, s'était assis sur une marche de pierre à côté de William, lorsque soudain il releva vivement la tête en entendant une fraîche voix d'enfant s'écrier :

— Jane, ne veux-tu pas me faire danser maintenant?

A peine eut-il dévisagé les deux petites filles qui dansaient ensemble, que le pauvre garçon pàlit. Il voulut se lever et aller vers elles, mais ses forces le trahirent, et avant d'avoir pu prononcer un seul mot, il tomba sans connaissance.

William et Betsy, effrayés, se hâtèrent de l'emmener, et lui prodiguèrent les soins les plus tendres, espérant que, lorsqu'il reprendrait ses sens, il leur dirait la cause de son évanouissement.

Mais quand il reprit ses sens, Dick avait la fièvre, le délire; de ses lèvres s'échappaient des phrases incohérentes dans lesquelles les noms de Jane et de Mary revenaient sans cesse.

Plus de quinze jours s'écoulèrent avant qu'il pût apprendre
à William que les deux petites
filles qu'il avait vues à la pension n'étaient autres que ses
sœurs.

III

C'étaient bien, en effet, ses
sœurs que Dick avait vues à
Boulogne. Les médecins ayant
ordonné à mistress Smith, la
meilleure amie de mistress Bolton, un voyage sur le continent,
cette dernière avait consenti à
lui confier les deux enfants pour

qu'elle fût moins isolée, et en même temps pour procurer aux petites filles une agréable distraction.

Jane et Mary, après plusieurs mois d'absence, étaient enfin revenues auprès de leur digne grand'mère, à qui le temps du voyage avait paru bien long, qui les avait trouvées grandies, embellies, et les avait comblées de caresses.

Mais au milieu même de la joie que lui causait le retour des chères petites, une pensée triste jetait son ombre : le souvenir de l'absent, du pauvre enfant

perdu, que mistress Bolton ne
voulait pas croire mort, qu'elle
espérait toujours revoir, lui
aussi, et presser dans ses bras
comme elle y pressait en ce
moment ses sœurs.

L'espoir est une si douce
chose, il apporte tant de conso-
lation aux douleurs les plus
vives, que la bonne mistress
Bolton ne pouvait se décider à
cesser d'espérer.

—Non ! répétait-elle souvent,
tant que je n'aurai pas les preu-
ves de la mort de mon cher
petit-fils, je penserai qu'il me
sera permis de le voir encore et

de le bénir avant de quitter ce monde.

Jane avait douze ans, Mary en avait dix, et toutes deux s'occupaient sérieusement de leurs études.

Un jour, par une froide et brumeuse après-midi de janvier, la vieille dame et les deux filles, chaudement enveloppées de manteaux et de fourrures, parcouraient les rues de Londres dans une voiture bien fermée, rendant visite à quelques personnes de leur connaissance.

Mary, la plus jeune des deux sœurs, s'amusait à ôter la buée

qui couvrait les vitres de la
voiture et l'empêchait de voir
dans la rue, tandis que l'aînée
la plaisantait sur sa curiosité, et
que mistress Bolton souriait au
joyeux babil des deux enfants.

Tout à coup Jane, à son tour,
parut s'intéresser à ce qui se
passait dans la rue, et si bien
qu'elle pria sa grand'mère de
lui permettre de baisser la portière pour mieux voir.

Ce qui attirait ainsi l'attention
de la jeune fille était un rassem-
blement nombreux, formé autour d'un garçon qui paraissait
âgé de quatorze à quinze ans et

chantait, d'une voix tremblante,
pour obtenir des assistants quelque menue monnaie.

Non-seulement mistress Bolton se rendit au désir de sa petite-fille, mais encore elle donna l'ordre au cocher de s'arrêter en face du petit chanteur, que toutes trois purent ainsi considérer à loisir.

Maigre, pâle, chétif, quoique assez grand, le pauvre enfant faisait peine à voir. A peine couvert par des vêtements d'été en mauvais état, il grelottait de froid, et sa voix, qui était fraîche et bien timbrée, faiblissait par-

IL CHANTAIT D'UNE VOIX TREM-
BLANTE. (P. 50.)

fois tellement qu'on ne l'entendait presque plus.

Les deux petites filles étaient
profondément touchées à la vue
de tant de misère, mais leur
aïeule semblait ne pouvoir déta-
cher ses yeux du jeune chanteur.

— Serait-il possible? mur-
murait-elle de temps en temps;
Dieu m'aurait-il enfin exaucée?
Mais non, je me trompe : je
suis la dupe d'une ressem-
blance...

— Que dites-vous, grand'-
maman? fit Jane tout étonnée de
l'émotion de sa grand'mère.

Mais celle-ci lui imposa silence du geste, absorbée qu'elle était par l'attention qu'elle prêtait au petit mendiant.

Lorsque celui-ci eut fini sa chanson, il implora en quelques mots bien tristes la charité des assistants. C'était pour sa mère mourante qu'il demandait, disait-il, son père était mort en France six mois auparavant; sa mère était bien malade, et lui-même n'avait rien mangé depuis deux jours.

— Son père, sa mère, fit mistress Bolton, comme se parlant

à elle même ; ce n'est pas lui :
je m'étais trompée !

Et se penchant vers la glace
du devant de la voiture, elle
allait donner au cocher l'ordre
de se remettre en marche, lorsqu'elle en fut empêchée par une
exclamation qui s'échappa en
même temps des lèvres des deux
petites filles :

— Eh quoi ! bonne maman,
ne donnez-vous rien à ce malheureux ? s'écria Mary, dont les
yeux s'emplirent de larmes.
Jane ne dit rien, mais le regard
suppliant qu'elle fixait sur sa
grand'mère témoignait assez

qu'elle partageait le désir de sa sœur.

— Vous avez raison, mes enfants, dit mistress Bolton; je ne sais vraiment à quoi je pensais.

Et avançant elle-même la tête à la portière, elle fit signe au mendiant d'approcher.

— Votre mère est donc bien malade? lui demanda la dame avec bonté.

— Oh! oui, Madame, répondit tristement l'enfant; la voisine qui la soigne a dit qu'elle ne passerait peut-être pas la journée, et pourtant je suis sorti pour chanter dans la rue, quoi-

que je n'aie guère le cœur à
chanter. Mais il fait si froid chez
nous, que j'aurais voulu gagner
un peu d'argent pour faire du feu
et réchauffer ma pauvre mère.

— Quel est votre nom ? celui
de vos parents ? demanda-t-
elle vivement ; que faisait votre
père ?

— William Morrisson était
joueur d'orgue, répondit l'enfant ; mais il n'était pas mon
père. Lui et sa femme, la bonne
Betsy, m'avaient adopté, car
j'étais bien méchant étant petit,
j'avais quitté ma bonne maman
et mes chères petites sœurs,

aussi ai-je été puni comme je le méritais...

— Bonne maman! qu'avez-vous? s'écria Jane effrayée, en voyant sa grand'mère pâle et prête à perdre connaissance.

— Ce n'est rien! murmura mistress Bolton d'une voix faible, en s'efforçant de dominer son émotion. Ne craignez rien, on ne meurt pas de joie. Dick, mon cher Dick, tu m'es donc enfin rendu!

Et l'heureuse grand'mère serrait dans ses bras son petit-fils; et Dick, non moins ému qu'elle, et retrouvant en foule tous ses

souvenirs d'enfance, lui rendait
ses caresses et pleurait à chau-
des larmes ; et les deux petites
filles, toutes joyeuses, atten-
daient impatiemment le moment
d'embrasser à leur tour ce
frère dont elles avaient tant de
fois entendu parler.

— Viens vite, mon enfant,
viens chez moi, que je te fasse
servir un bon repas et donner
des vêtements convenables !

— Et Betsy ? demanda l'enfant prodigue retrouvé, n'irons-
nous pas la chercher ?

— Oh ! oui ! Comment pou-
vais-je l'oublier ! Allons la cher-

cher et la sauver, s'il en est temps encore.

En quelques minutes on arriva auprès de la pauvre femme, qui semblait en effet près de rendre le dernier soupir, mais que le médecin, appelé par les soins de mistress Bolton, déclara pouvoir être rendue à la santé par un bon traitement et une nourriture convenable.

Les privations qu'elle avait dû supporter, jointes à la douleur que lui avait causée la perte de son mari, qui ne s'était jamais complètement rétabli de la maladie qu'il avait faite deux ans auparavant, avaient conduit la malheureuse femme aux portes du tombeau.

L'éducation de Dick avait, on le comprendra sans peine, été fort négligée; ou plutôt il ne savait absolument rien. Sa grand'mère, pour lui éviter les humiliations qu'il aurait éprouvées si on l'eût mis dans une pension, fit venir des professeurs à la maison. Son application eut bien vite réparé le temps perdu et ses succès firent pleurer de joie sa bonne grand'mère.

Et comme elle l'embrassait, en lui disant combien sa bonne

conduite et son amour du travail
la rendaient heureuse :

— Bonne maman, disait-il,
ne me donnez pas tant de louan-
ges; je ne les mérite pas, car
j'aurai beau faire tous mes efforts
pour vous contenter, je n'effa-
cerai jamais les souffrances que
je vous ai causées pendant tant
d'années.

— Mon cher enfant, tu as été
coupable, c'est vrai; mais tu as
souffert, tu t'es repenti, et tu es
pardonné!

FIN.

Limoges. — Imp. Eugène Ardant et Cⁱᵉ.

Original en couleur

NF Z 43-120-8

WALTER SCOTT

GUY MANNERING

ou

L'ASTROLOGUE

TRADUCTION NOUVELLE

PAR AMÉDÉE CHAILLOT.

www.ingramcontent.com/pod-product-compliance
Lightning Source LLC
Chambersburg PA
CBHW060806180626
46818CB00002B/716